AF434186

9 789948 797036

تريندز للبحوث والاستشارات

TRENDS RESEARCH & ADVISORY

خريطة المقاربات الأكاديمية الغربية لظاهرة التطرف الإسلاموي المؤدي للعنف:
تحليل نقدي

د. وائل صالح

اتجاهات حول الإسلام السياسي (14)

مـــارس 2023

Order No.: MC-02-01-7964441

ISBN: 978-9948-797-03-6

© مركز تريندز للبحوث والاستشارات
http://trendsresearch.org

مركز تريندز للبحوث والاستشارات

يُعـد مركـز تريندز للبحوث والاستشارات مؤسسـة بحثيـة مستقلة تأسس عام 2014، ويهتم باستشـراف المستقبل في جوانبه الاستراتيجية والسياسية والاقتصادية، وتتبـع القضايا العالمية المختلفـة. كما يهدف المركـز إلى تحليـل الفـرص والتحديـات علـى مختلف الصعد الجيوسياسية الراهنة، وما تحمله مـن متغيرات محتملـة، مـع محاولة إيجـاد إجابات وتفسـيرات علمية وموضوعية مـن شـأنها المسـاهمة في التأثير في اتجاهـات الأحـداث مـع مراعـاة نواحـي التحليـل والنقـد والاستشـراف.

ويقـدم المركـز مـن أجـل تحقيق غاياتـه العلمية، دراسـات رصـينة ذات أبعـاد استشـرافية مسـتقبلية، ويطرح أفضـل البدائل الممكنة لمساعدة صنّـاع القـرار في معرفـة التطورات الإقليميـة والدوليـة بشـكل أعمـق، والاستفادة ممـا توفـره مـن فرص. كما يقـوم المركـز برصد الاتجاهات والتغيـيرات الاسـتراتيجية والاقتصاديـة والإقليميـة والدوليـة، بشـكل أعمـق، والاستفادة ممـا توفـره مـن فرص، والتنبؤ بآثارهـا المسـتقبلية، وذلـك وفـق الضوابـط العلميـة المتعـارف عليهـا دوليـاً لـدى أعـرق مراكـز التفكيـر والبحـث العلمـي.

قائمة المحتويات

ملخص تنفيذي 7

مقدمة 9

أولًا: خريطـة المقاربـات الأكاديميـة الغربيـة لظاهـرة التطـرف الإسلاموي المؤدي إلى العنف 13

ثانيًا: تأثير المقاربـات الأكاديميـة الغربيـة لظاهـرة التطرف الإسلاموي المؤدي إلى العنف على نتائج البحث 24

خاتمة 33

قائمة المراجع 37

الملخص التنفيذي

التحريض على العنف، أو تزويده بغطاء أيديولوجي أو ديني أو تنظيري، لإضفاء الشرعية عليه أو تبريره أو التهوين منه هل يُعَدُّ هذا الأمر عملًا عنيفًا في حد ذاته؟ فوفقًا لنظرية «أفعال الكلام» «Speech acts theory»، التي أسس لها أوستين Austin في كتابه الشهير «*How to do Things with Words*؟" (كيف نصنع الأشياء بالكلمات؟)، يذهب إلى أنّ الأفعال السلوكية لا تُنجز إلّا بالأقوال التعبيرية، التي عادةً ما تسبقها وتمهد لها. ووفقًا لهذه الفرضية، تسعى هذه الدراسة - أولًا - إلى تحديد المقاربات المعرفية التي تقوم عليها المناهج النظرية المختلفة في السياق الأكاديمي الغربي لدراسة ظاهرة التطرف المؤدي إلى العنف باسم الإسلام. ثانيًا، فَهْم كيف تُتَرْجَم تلك المقاربات النظرية والمعرفية إلى ممارسات منهجية منتجة للمعرفة بخصوص تلك الظاهرة. ثالثًا، تحديد بعض التحديات المعرفية والأخلاقية التي تواجه دراسات التطرف المؤدي إلى العنف باسم الإسلام، وعلى رأسها ما يمكننا تسميته «تبييض العنف». وأن نفكر، في نهاية العمل، في أسس مقاربة معرفية أكثر وعيًا لطبيعة التطرف الإسلاموي وأسبابه المؤدية إلى العنف.

في هذا السياق، ولتحقيق هذه الأهداف، تنقسم الدراسة إلى جزأين:

1. بحث حفري وثائقي معمق في المقاربات النظرية لعيّنة من أكثر الباحثين الغربيين المنظرين تأثيرًا في دراسة ظاهرة التطرف الإسلاموي المؤدي إلى العنف، وذلك من خلال دراسات كُتبت باللغتين الفرنسية والإنجليزية، وتحليل محتواها لتعيين الاتجاهات النظرية السائدة فيها وتقييمها.

2. تعيين تأثير تلك المقاربات والتحديات التي تطرحها على نتائج البحوث والدراسات الغربية في مجال التطرف الإسلاموي المؤدي إلى العنف.

مقدمة

منـذ نهايـة سبعينيات القـرن الماضـي[1]، وخصوصًا بعـد هجـمات 11 سـبتمبر 2001، ازداد الاهتـمام بالتطرف المـؤدي إلى العنـف بشـكل كبيـر باسـم الإسـلام[2]، علـى كافـة الأصعـدة البحثيـة والمجتمعيـة والأمنيـة، وذلـك عـلى المسـتويات الإقليميـة والوطنيـة والدوليـة[3]. ومـع ذلـك فـإن الدراسـات الغربيـة نـادرًا مـا تتركـز بشـكل أسـاسي وعميـق عـلى منتجـي المعرفة، أي مؤلفـي النصـوص التأسيسـية للإسـلامويـة[4]،

---

1. وبشـكل أكـثر تحديـدًا، منـذ انـدلاع الثـورة الإيرانيـة، وحادثـة اسـتيلاء الأصوليـين الإسـلامويين بزعامـة جهيـمان العتيبـي عـلى المسجد الحرام في نوفمبر 1979.

2. التطرف باسـم الدين: هـو شـكل مـن أشـكال التطرف المرتبـط بالقـراءة السياسـية للدين، وهـو أيضًـا شـكل مـن أشـكال الدفـاع - مـن خلال العمـل العنيـف - عـن الهويـة الدينيـة التي يُنظـر إليهـا عـلى أنهـا تتعرض للهجـوم (النزاعـات الدوليـة، والسياسـة الخارجيـة، والمناقشـات المجتمعيـة، ونـمط الحكـم، ومصـدر الشرعيـة والقانـون، ومـا إلى ذلـك). ويمكـن أن تجـد جـذور هـذا التطرف العنيـف في جميـع الأديان.

Centre De Prévention De La Radicalisation Menant À La Violence (Cprmv), Types De Radicalisation, Https:// Info-Radical.Org/Fr/Types-De-Radicalisation/

3. انظـر على سبيل المثال:

Gilles Bibeau, Le Terrorisme, Piège Pour La Pensée. Essai Sur La Violence Dans L'humain,)Montréal: Éditions Mémoire D'encrier, 2015(. Leyla Dakhli, L'islamologie Est Un Sport De Combat. De Gilles Kepel À Olivier Roy, L'univers Impitoyable des Experts De L'islam, Revue Du Crieur, La Découverte, Vol. 3, No. 1, 2016, p-p. 417-, Http://Www.Revueducrieur.Fr/Index.Html . Richard Jackson, The Study of Terrorism After 11 September 2001: Problems, Challenges and Future Developments, Political Studies Review, Vol. 7, No. 2, 2009, p-p. 171184-. Magnus Ranstorp (Dir.), Mapping Terrorism Research: State of The Art, Gaps And Future Directions (London: Routledge, 2006).Andrew Silke (Dir.), Research on Terrorism: Trends, Achievements & Failures (London/ Portland: Frank Cass, 2004).

4. ينظـر هـذا البحـث إلى الإسـلاموية باعتبارهـا: «[...] الانتقـال بالديـن مـن نظـام روحـي إلى نظـام للاحتجـاج السـياسي [...]. فالإسـلاموية تسـتغل المشـاكل السياسـية والاقتصاديـة والمجتمعيـة ومـا إلى ذلـك - مـن خـلال احتـكار قيـم الديـن الإسـلامي المتصلـة بالعدالـة والمسـاواة - لصالحهـا وشـحن المخيـال الشـعبي بأنهـا تمثـل الهويـة الإسـلامية الصحيحـة. ومـن ثـم تحويـل الهويـة الإسـلامية إلى أيديولوجيـة دينيـة تعمـل أساسًـا كاسـتراتيجية لإضفـاء الشرعيـة السياسـية، أو العكـس، أي نـزع الشرعيـة السياسـية. وهكذا يتم اسـتخدام الإسـلام لأغراض سياسـية [...]. Abderrahim Lamchichi, Islam, Islamisme Et Modernité, (Paris: L-Harmattan, 1994), p 32.

أو على الباحثين والمنظّرين الذين يحللون ظاهرة التطرف المؤدي إلى العنف باسم الإسلام. ففي الواقع، يقوم مؤلفو النصوص التأسيسية للإسلاموية، فضلًا عن الاتجاه السائد بين الباحثين الغربيين العاملين في مجال التطرف الإسلاموي، بإضفاء الشرعية عليه، أو التبرير له، أو التقليل من أهمية التطرف الذي يؤدي إلى العنف باسم الإسلام. ولذلك فإنه يمكن عدّهم على رأس سلسلة تتكون آخر حلقة فيها من الأشخاص والجماعات المتورطة بشكل مباشر في هذا العنف[5].

فعلى سبيل المثال، تُظهر مراجعة الأدبيات التي استندت إليها هذه الدراسة أن الباحثين الغربيين الذين يعملون في مجال التطرف المؤدي إلى العنف باسم الإسلام، غالبًا ما يستبعدون جماعة الإخوان المسلمين من دراساتهم[6]، على الرغم من أن تلك الجماعة هي أُمّ الإسلاموية[7]، على الأقل في مستوى التنظير ورؤية للعالم[8].

---

5. هذه الدراسة تعتمد بشكل شبه كامل على دراسة نُشرت للباحث باللغة الفرنسية عام 2019، بمجلة السياسات التطبيقية التي تصدرها جامعة شيربروك الكندية. انظر:

Wael Saleh, Les Études De La Radicalisation Menant À La Violence Au Nom De L'islam : Cartographier Les Acteurs Théoriques Pour Mieux Comprendre Les Enjeux Épistémologiques Et Éthiques, Cahiers De Recherche En Politique Appliquée, Vol. VII, Numéro 2, Automne 2019.

6. في الأدبيات، لا يوجد إجماع بين الباحثين على اعتدال الجماعة، أو علاقتها بإضفاء الشرعية على العنف باسم الإسلام، وذلك على الرغم من أن العديد من القيادات الأكثر تأثيرًا في القاعدة وداعش (مثل أسامة بن لادن وأيمن الظواهري وأبو بكر البغدادي) كانوا ينتمون سابقًا إلى تنظيم جماعة الإخوان المسلمين. انظر: يوسف القرضاوي، «البغدادي كان عضوًا في الإخوان المسلمين»، العربية، 14 أكتوبر 2014، على الرابط: Https://Bit.Ly/3txxivt

7. «الإسلاموية ليست فقط رؤية واحدة رغم مساراتها المتعددة، ولكنها أيضًا تتشارك في سمات أساسية للتطرف الديني مع الحركات الأصولية من الأديان الأخرى (...)؛ «فعلى الرغم من التنوع الكبير لأشكال التعبير والجذور الاجتماعية والثقافية بينها، إلّا أنه يمكن إجمال هذه السمات فيما يلي: الخطاب العدواني بشكل عام، الذي يرتكز بالأساس على نظريات المؤامرات تجاه الحداثة، والعودة إلى الدين في جميع جوانب الحياة بصفته الطريقة الوحيدة الصالحة للتغلب على العلل المصاحبة للحداثة، والتمترس على مسألة الهوية، والقدرة على التجييش الشعبوي لإقامة نظام سياسي واجتماعي بديل وفرضه»، وائل صالح، الإسلاموية: رؤية واحدة .. مسارات متعددة ومصير واحد، تريندز للبحوث، 6 أبريل 2022، على الرابط: https://trendsresearch.org/ar/insight/islamism-one-vision-multiple-paths-one-destiny

8. انظر:

Gilles Kepel, Le Prophète Et Le Pharaon. Les Mouvements Islamistes Dans L'égypte Contemporain, (Paris, La Découverte, 1984).

علاوة على ذلك، تميـل الأدبيـات الغربيـة إلى دراسـة العنف الجسدي[9] أكـثر مـما يُسـمى بالعنف الفكري أو النظري أو الرمزي، الـذي يشـكل - وفقًـا لفرضيـة هـذا البحـث - المرحلـة الأوليـة والإلزاميـة لأي انتقـال في التطرف إلى العنـف الجسـدي باسـم الإسلام، والـذي تمارسـه الإسلاموية. إن «الإغـراء بالتطرف المـؤدي إلى العنف»، ومقاوليـه التنظيريـين، سـواء مـن الإسلامويين، أو مـن بـين الباحثين والمنظريـن الغربيـين (الذيـن يحاولون إخفاء الأسـس المعرفيـة التـي يقـوم عليهـا التطـرف المـؤدي إلى العنـف باسـم الإسلام)، يـكاد يكـون غائبًـا تمامًـا عـن الدراسـة والبحـث بشـكل معمـق ونقـدي. باختصـار، يبـدو أن الاتجـاه السـائد في الأدبيـات المتصلـة قـد تخلى عـن[10] فهـم أشـكال التديـن ومضامينـه التـي يمكـن أن تـؤدي إلى العنـف باسـم الإسلام[11]، واكتفـى الباحثون بالسـعي إلى فهـم الأسـباب الاجتماعيـة والسياسـية والاقتصاديـة فقـط، أو معالجـة التطـرف عـلى أنـه مسـيرة فردانية منعزلة.

وفقًـا لبيرنْبـوم «... لـن نفهـم مـا هـو عـلى المحـك مـع الإسلاموية، أو تطرفها المـؤدي إلى العنـف، دون أخـذ هـذا النـوع مـن التديـن عـلى محمـل الجـد»[12]. ذلـك أن «التطرف المـؤدي إلى العنـف لـه مظاهـر ثلاثـة يمكـن تعريفـه بهـا؛ أوّلها تبنـي أيديولوجيا ليصبـح منطقُها إطارًا حقيقيًـا للحيـاة والعمـل ومعنَّى وجوديًـا للفـرد،

---

9. انظر على سبيل المثال:

Gérard Chaliand Et Arnaud Blin, Histoire Du Terrorisme : De L›antiquité À Daech, (Paris: Fayard/Pluriel, 2016). Mathieu Guidère, Atlas Du Terrorisme Islamiste, (Paris, Autrement, 2017). Farhad Khosrokhavar, Radicalisation, (Paris : Éditions De La Maison Des Sciences De L'homme, 2014). Paul Landau, Pour Allah Jusqu›à La Mort : Enquête Sur Les Convertis À L›islam Radical, (Paris: Éditions Du Rocher, 2008).

10. يمكن عدّ هذا التخلي عن التناول «تبييضًا للعنف»، وهو مفهوم سيتم شرحه بالتفصيل في القسم الثاني من هذه الدراسة.

11. الممارسة الدينية أو التدين بالعربية. وهو ليس مرادفًا للدين. الدين إلهيٌّ، بينما التدين هو تنوع في المفاهيم البشرية للديـن. إذ الديـن هـو جوهر الإيمـان، بينما التدين ينتج مـن جهود التفسير. ويمكـن أن تـؤدي أنـواع التديـن إلى أشـكال تتفـق مـع روح الديـن، أو أشـكال تتلاعب بالدين وتتعـارض مـع أهدافـه السـامية. انظر يوسف زيـدان، متاهات الوهـم (القاهرة: دار الشروق، 2013)، ص 7.

12. Jean Birnbaum, Un Silence Religieux. La Gauche Face Au Djihadisme, (Paris, Seuil, 2016). Cité Dans Alain Caillé Et Al., «Présentation», Revue Du Mauss, Vol. 49, No. 1, 2017, P. 526-, Https://Bit.Ly/3ala2sc

وثانيها الاعتقـاد في اسـتخدام وسـائل عنيفـة لجعـل صـوت الأيدلوجيا مسـموعًا وموجودًا على الساحة، والثالث هو الدمج بين الأيديولوجيا والعمل العنيف»[13].

في هــذا السـياق يجب طـرح السـؤال الآتي: هـل التحريـض عـلى العنـف، أو توفيـر غطـاء أيديولوجـي أو دينـي أو نظـري يشـرّع لـه أو يبرره، أو يقلل من أهميته، يمكن أن يُعَدّ عملًا عنيفًا في حد ذاته؟.

وفقًا لنظريـة أوستين عـن «أفعـال الـكلام» «Speech acts theo- ry»، والتـي أسـس لهـا في كتابـه الشـهير «How to do Things with Words»، والتـي يـرى فيهـا أن الأفعـال السـلوكية إنمـا تُنجـز بالأقـوال التعبيريـة التـي عـادةً مـا تسـبقها وتمهـد لهـا[14]، «فسـيكون كافيًا لواعـظ إسـلامي مؤثر أن يقـول "هـذا الشـخص معـادٍ للإسـلام، أو أنه يشـن حربًا ضـد الإسـلام" ليعـرض حياتـه للخطـر»[15]. وعليـه فـلا يمكـن فهـم لمـاذا وكيـف يكـون الشـخص راديكاليًا إرهابيًا باسـم فهمـه للديـن، دون فهـم الأفكار التـي تحتـوي عـلى بـذور العنـف، والتـي مـن غيرهـا لا يمكـن لـه أن يرتكب أفعاله تحت الراية الدينية[16].

وفي هـذا السـياق، يبـدو أن الأدبيـات تسـعى أكـثر لفهـم لمـاذا وكيـف يصبـح الشـخص متطرفًا؟، ولا تسـعى بالقدر نفسـه للبحـث عـن الأفـكار التـي تحتـوي عـلى بـذور العنـف، والتـي مـن دونهـا مـا كان للمتطرفيـن أن يرتكبـوا أفعالهـم تحـت الرايـة الدينيـة. يبـدو أيضًـا أن

---

13. Centre De Prévention De La Radicalisation Menant À La Violence De Montréal (Cprmv), Mieux Comprendre Le Phénomène De La Radicalisation Menant À La Violence, 2016, Https://Bit.Ly/3f1jj6w.

14. John L. Austin, How to Do Things with Words, (Oxford, Clarendon Press, 1975).

15. وائـل صالـح، لمـاذا تتعاطـف دوائـر عديـدة في الأكاديميـا الغربيـة مـع الاسـلاموية؟، عندمـا يـبرر فريـق مـن باحثـي الأكاديميـا الغربية العنف الذي تمارسه الإسلاموية، مؤمنون بلا حدود، 18 يناير 2021، على الرابط: Https://Bit.Ly/3gggnww

16. على سبيل المثال، في عام 1992، قُتل الكاتب المصري فرج فودة على يد متطرفين إسلامويين بعد اتهامه بالكفر.

الأدبيــات تخلــت عــن فهــم كيفيــة تأثير المقاربـات النظريــة والمعرفيـة للباحثــين والمنظريــن عــلى ممارسـاتهم المنهجيــة وإنتاجهــم للمعرفـة المتعلقـة بظاهـرة التطرف المـؤدي إلى العنـف باسـم الإسـلام. مـن أجل سـد هـذه الفجـوة، ستكشـف هـذه الدراسـة أولًا عـن خريطـة للمقاربـات المعرفيـة الكامنـة وراء المناهـج النظريـة المختلفـة، التـي تحـاول فهـم ظاهـرة التطـرف المـؤدي إلى العنـف باسـم الإسـلام. وخصوصًا تلـك التـي تنطـوي عـلى مـا نسـميه «تبييـض العنـف»، والتـي تسـعى إلى إخفـاء الأسـس الأيديولوجيـة للتديـن «الإسـلاموي» المتطرف والمـؤدي إلى العنـف باسم الإسلام.

أوّلًا: خريطـة المقاربـات الأكاديميـة الغربيـة لظاهـرة التطـرف الإسلاموي المؤدي إلى العنف

مـن خـلال الأدبيـات التـي رجعنـا إليهـا لإنجـاز هـذه الدراسـة، عثرنـا عـلى واحـد وثلاثين سـؤالًا متكـررًا مـن أجـل فهـم ظاهـرة التطـرف المـؤدي إلى العنـف باسم الإسلام وتحليلها، وهي كالآتي:

- أربعـة أسـئلة: الثلاثـة الأولى منهـا استشراقية بامتيـاز ، وتـدور جميعها حـول دور الإسلام - بوصفه دينًا - في عملية التطرف، وهذه الأسئلة هي:

  - هـل الانتـماء إلى الإسـلام هـو العامـل الرئيـسي في التطـرف باسـم هـذا الدين؟.

  - هل هو تطرف للإسلام؟ أم أسلمة للتطرف؟.

  - هـل الإسـلام - بوصفـه دينًـا - يمكـن لـه أن يكـون هـو الحـل لظاهـرة التطرف باسم الإسلام؟ أم إنه هو سبب المشكل؟.

- هــل يوجــد إســلام واحــد؟ أم أن هنــاك نُسخًا متعــددة ومختلفــة مــن الإسلام (أنواع متعددة من التدين باسم هذا الدين)؟.

- **ثلاثة أسئلة أخرى تتعلق بــدور الإســلاموية في عملية التطرف الــذي يؤدي إلى العنف باسم الإسلام:**

  - هل الإسلاموية هي الإسلام؟.

  - هل يمكن أن تكون الإسلاموية معتدلة؟.

  - أم إنها بطبيعتها عنفيه؟.

- **أربعة أسئلة تركز على دور العوامل غير الدينية في عملية التطرف، وهي:**

  - مــا هــي العوامــل - غــير الدينيــة - التــي مــن الممكــن أن تدفــع إلى التطرف باسم الإسلام؟.

  - ما دور العوامل السياسية والاقتصادية في التطرف؟.

  - ما أهمية دور السياق الاجتماعي في عملية التطرف؟.

  - ما دور العامل النفسي في التطرف المؤدي إلى العنف باسم الإسلام؟.

- **خمســة أســئلة تتعلــق بزاويــة دراســة ظاهــرة التطــرف المــؤدي إلى العنــف باسم الإسلام:**

  - ما أولويات دراسة تلك الظاهرة؟.

  - ما الذي يجب دراسته فيها أولًا؟.

  - مــا الطريقــة التــي يجــب بنــاء الدراســة عــلى أساســها لفهــم أفضــل لتلــك الظاهرة؟.

- ما الهدف من دراستها؟.

- ما المقاربات والضوابط العلمية الأنسب لدراسة هذه الظاهرة؟.

- **ستة أسئلة تركز على تصنيف طبيعة هذا التطرف وفقًا للمعايير الثلاثة الآتية: الشرعية والهيمنة (مدى الانتشار وتأصله) والطبيعة، وهذه الأسئلة هي:**

- ما هي التصنيفات المتوافرة للتطرف المؤدي إلى العنف باسم الإسلام؟.

- هـل يـؤدي التطـرف إلى العنـف الفكـري والرمزي واللفظـي و / أو البدني؟.

- هل هو عنف جوهراني متأصل؟ أم عارض سياقي؟.

- هـل هـو عنـف مؤجـل؟ أم فـوري؟ وهـل هـو محـلي، إقليمـي؟ و / أو دولي؟.

- هل هو سلاح للضعفاء؟ أم للأقوياء؟.

- هل هو جريمة سياسية؟ أم جريمة جنائية؟.

- **تسعة أسئلة أخيرة تبحث عن حلول ومقترحات للتعامل مع هذه الظاهرة:**

- هـل يجب تحديـث الإسـلام لمواجهـة التطـرف المـؤدي إلى العنـف باسـم الإسلام؟.

- هـل يجب أن نفرق بـين الإسـلاموية والإسـلام كخطـوة رئيسية لتفكيـك الأسس التي بُنيت عليها الإسلاموية المتطرفة؟.

- كيـف نسـتطيع إزالـة التطـرف المـؤدي إلى العنـف باسـم الإسـلام مـن الأفراد والجماعات؟.

- هـل سـيؤدي تحسـين السـياق غير الديـني (الإدماج والعدالـة والإنصاف والديمقراطيـة والتنميـة المسـتدامة) إلى إنهـاء التطـرف الـذي يـؤدي إلى العنف باسم الإسلام؟.

- فيـمَ تُسـتخدم الدراسـات حـول التطـرف المـؤدي إلى العنـف باسـم الإسلام؟ هـل هـي تُسـتخدم للفهـم؟ أم للوصـف أو للتحليـل أو للمقارنـة؟ أم لإيجاد حلول لتلك الظاهرة؟.

- مـا هـي أدوار المجتمـع المـدني والدولـة والمجتمـع الـدولي في مجابهـة التطرف العنيف باسم الإسلام؟.

- كيـف يُعـرَّف التطـرف المـؤدي إلى العنـف باسـم الإسـلام، والمصطلحـات المتصلة به؟.

- هل من الممكن منع التطرف المؤدي إلى العنف إلى باسم الإسلام؟.

- هـل يمكـن للفـرد (أو المجموعـة المتطرفـة) نـزع التطـرف عـن أنفسـهم بشكل ذاتي؟.

مـن خـلال هـذه الأسـئلة السـائدة في الأدبيـات - وهـي واحـد وثلاثـون سـؤالًا كـما ذكرنـا - مـن الممكـن تحديـد عـشر فئـات معرفيـة رئيسـية تـدرس ظاهـرة التطرف المؤدي إلى العنف باسم الإسلام وتحللها:

• **الفئـة الأولى** تسـعى إلى تحديـد أنسـب الطـرق وزوايا البحـث، مـن أجـل فهم أفضـل لظاهـرة التطـرف المـؤدي إلى العنـف باسـم الإسـلام. وفي هـذا الإطار توجـد طريقتـان متعارضتـان؛ الأولى مقاربـة بنيويـة structuralist تركـز عـلى مسألة «لـماذا يتطرف الشـخص؟»، أو عـلى «الأسـباب الجذريـة التـي تـؤدي إلى

تطـرف الشـخص»[17]، والثانيـة مقاربـة إجرائيـة Processual تركـز عـلى التطـرف بوصفـه عمليـة مسـيرة فردانيـة[18]، يُنظـر مـن خلالهـا إلى الانخـراط في العنـف بوصفـه نتيجـة لعمليـة تنشـئة اجتماعيـة غـير غائيـة، تدريجيـة ومتعـددة الأبعـاد[19]. أمّـا المقاربـة السـائدة في الأدبيـات، فهـي عموديـة Vertical إلى حد كبـير، ومتمحـورة حـول الفـرد. لذلـك فهـي تسـتثني غالبًـا إمكانيـة التـزام هـذا الفـرد المسـبق بنوع من التدين يمكن له أن يؤدي إلى العنف باسم الإسلام[20].

- **الفئـة المعرفيـة الثانيـة** تسـأل عـمّا إذا كانـت الإسـلاموية معتدلـة أم عنيفـة؟ وفي هـذا الإطـار، يصـور بعـض الباحثـين الإسـلاموية عـلى أنهـا حركـة عنيفـة

17. Isabelle Sommier, Engagement Radical, Désengagement Et Déradicalisation. Continuum Et Lignes De Fractures, Lien Social Et Politiques, No. 68, 2012, p-p.1535-.

18. في هـذه الأدبيـات الأكاديميـة، غالبًـا مـا يكـون التركيـز عـلى الأفـراد الذيـن يقومـون مبـاشرة بأعـمال عنـف، مـن خـلال دراسـة مسيرتهم بوصفهم أفرادًا، أكثر من كونهم منتمين إلى جماعات لها أفكارها التأسيسية، انظر على سبيل المثال:

Mark Sedgwick, The Concept of Radicalization as A Source of Confusion, Terrorism And Political Violence, Vol. 22, No. 4, 2010, p-p. 479494-. Sommier, Engagement Radical, Désengagement Et Déradicalisation. Continuum Et Lignes De Fractures. Or Les Approches Processuelles Cherchent À Dépasser Ces Biais.   Martha Crenshaw, The Logic Of Terrorism: Terrorist Behaviour As A Product Of Strategic Choice, Origins Of Terrorism: Psychologies, Ideologies, Theologies, States Of Mind, (Washington (Dc), Woodrow Wilson Centre Press, 1998), p-p. 724-. David Lake, Rational Extremism: Understanding Terrorism in The Twenty-First Century, International Organization, Vol. 56, No. 1, 2002, p-p. 1529-. Andrew Kydd Et Barbara Walter, The Strategies of Terrorism, International Security, Vol. 31, No. 1, 2006, p-p. 4980-. Max Abrahams, What Terrorists Really Want: Terrorist Motives and Couterterrorism Strategy, International Security, Vol. 32, No. 4, 2008, p-p. 78105-. Andrew Silke, Becoming A Terrorist, Terrorists, Victims and Society: Psychological Perspectives on Terrorism and Its Consequences, (Chichester, John Wiley, 2003) P. 2953-. John Horgan, The Social and Psychological Characteristics of Terrorism and Terrorists, Root Causes of Terrorism: Myths, Realities and Ways Forward, (Londres, Routledge, 2005, 288) P. 4453-. Daniela Pisoiu, Islamist Radicalisation In Europe. An Occupational Change Process, (Londres, Routledge, 2011).

19. انظر على سبيل المثال:

Pisoiu, Islamist Radicalisation In Europe. An Occupational Change Process.

20. يمكـن تفسـير ذلـك جزئيًـا مـن خـلال حقيقـة أن تحديـد العوامـل السـياقية الكليـة (البيئـة الثقافيـة والاجتماعيـة) أكـثر صعوبـة، وأن إثبات ارتباطها بظاهرة العنف المرتكب باسم الإسلام هو أكثر صعوبة. انظر على سبيل المثال:

Nicolas Campelo Et Al., Who Are the European Youths Willing to Engage in Radicalisation? A Multidisciplinary Review of Their Psychological and Social Profiles, European Psychiatry, Vol. 52, 2018, P 114-.

بطبيعتها[21]. ويصفها آخرون بأنها حركة معتدلة[22]. كما أن فصيلاً ثالثًا من الباحثين يرى أن التيارَيْن - العنيف والمعتدل - يوجدان في الوقت نفسه داخل الإسلاموية، بل داخل جماعة محددة كجماعة الإخوان المسلمين[23]. بينما يرى فصيل رابع من الباحثين أن الإسلامويين في طريقهم إلى التحول إلى الاعتدال، على الرغم من التحديات المتبقية التي تواجههم قبل عَدِّهم معتدلين بشكل كامل[24].

---

21. انظر على سبيل المثال:

Kepel, Le Prophète Et Le Pharaon. Les Mouvements Islamistes Dans L'égypte Contemporain Lamchichi, Islam, Islamisme Et Modernité.

22. انظر على سبيل المثال:

Sana Abed-Kotob, The Accommodationists Speak: Goals and Strategies of The Muslim Brotherhood of Egypt, International Journal of Middle East Studies, Vol. 127, No. 3, 1995, P. 321339-. François Burgat, L'islamisme En Face, (Paris, La Découverte, 2002). John Calvert, Sayyid Qutb And the Origins of Radical Islamism, (New York, Columbia University Press, 2010). Kinza Khan, The Muslim Brotherhood and Its Evolving View on Democratic Participation, Kulna Academic Journal for The Middle East Studies, 2011, Https://Bit.Ly/3vacmyl Kevin Koehler And Jana Warkotsch, Egypt And North Africa: Political Islam And Regional Instability, Writenet, 2009. Adnan Musallam, From Secularism to Jihad: Sayyid Qutb And the Foundations of Radical Islamism, (Londres, Praeger, 2005).

23. انظر على سبيل المثال:

Sylvain Besson, La Conquête De L›occident. Le Projet Secret Des Islamistes, (France, Seuil, 2005). ʿAbd Allā Fahd Al-Nafīsī Et Al, L'avenir Des Mouvements Islamiques : Une Vision Autocritique (Al-Naqd Al-Dhāti Lil-HaRakah Al-Islāmīyah: Ruʾyah Mustaqbalīyah), Al-Qāhirah, Maktabat Al-Shurūq Al-Dawlīyah, 1989. Marc Lynch, The Brotherhood's Dilemma, Middle East Briefs, No. 25, Waltham, Crown Center For Middle East Studies, 2008, p12. Houssam Tammam, Les Mutations Des Frères Musulmans (Tahawoulat Al-Ikhwan Al Muslmûn), (Le Caire, Éditions Maktabat Madbûly, 2010). Et Barbara H. E. Zollner, The Muslim Brotherhood: Hasan Al-Hudaybi And Ideology, (Londres, Routledge, 2009).

24. انظر على سبيل المثال:

Burham Ghalioun, Islam Et Politique La Modernité Trahie, (Paris, Édition La Découverte, 1997).
Noah Feldman, The Fall And Rise Of The Islamic State, (Princeton, Princeton University Press, 2008).
Jean-Noël Ferrié, L'égypte Entre Démocratie Et Islamisme. Le Système Moubarak À L›heure De La Succession, (Paris, Éditions Autrement, 2008).
Nathan J. Brown, Amr Hamzawy Et Marina Ottowy, Islamist Movements And The Democratic Process In The Arab World: Exploring The Gray Zones, Carnegie Papers, No. 67, 2004, P. 119-, Https://Bit.Ly/3ecvtn2 ;
Samir Amghar Et Khadiyatoulah Fall, Quitter La Violence Islamique. Retour Sur Le Phénomène De Désaffiliation Djihadiste, Revue Du Mauss, Vol. 49, No. 1, 2017, P. 115133-, Doi : 10.3917/Rdm.049.0115.

- **الفئـة المعرفيـة الثالثـة** تفضـل المقاربـة الإثنوغرافيـة، أو المقاربـة النوعيـة القائمـة عـلى المقابـلات، مـن أجـل تحديـد إذا مـا كان الانتـماء الدينـي أو الخلفيـة الاجتماعيـة والاقتصاديـة هـو العامـل الأكـثر أهميـة في عمليـة التطـرف المؤديـة إلى العنـف باسـم الإسـلام. وفي هـذا الإطـار، نقـف عـلى تفسـيرين متناقضـين يميزان هذه الفئة:

1. تفسـير استشراقي، يدعـي أن المسـلم يميل إلى أن يصبح أكـثر تطرفًا مـن غـيره مـن أصحـاب الديانـات الأخـرى، وأن «تأثـير الإسـلام» لـه الأسـبقية عـلى جميـع المعايـير الأخـرى، بمـا في ذلـك العوامـل الاجتماعيـة والسياسـية والاقتصاديـة، ويصبح العامل الغالب في الإغراء المتطرف[25].

2. في حـين أن التفسـير الآخـر يـرى أن معظـم المتطرفين لم ينتمـوا حتى إلى الأصولية الإسـلامية، بـل وينحـدرون مـن خلفيـات غـير إسـلاموية، بعيـدة عـن أي نمـط من أنماط التدين، خصوصًا المتطرف منه[26].

- **الفئـة المعرفيـة الرابعـة** تركـز عـلى ماهيـة العنـف وطبيعته. وتقترح ثلاثـة معايـير تحليليـة لفهـم طبيعـة التطـرف المـؤدي إلى العنـف باسـم الإسـلام؛ الشرعيـة والهيمنـة وطبيعـة العنـف. وينقسـم الباحثـون الذيـن يندرجـون ضمـن هـذه الفئـة إلى تيارين: تيـار ينظـر إلى التطـرف المـؤدي إلى العنـف باسـم

---

25. انظر على سبيل المثال:

Olivier Galland Et Anne Muxel, La Tentation Radicale. Enquête Auprès Des Lycéens, Paris, Presses Universitaires De France, 2018.

26. انظر على سبيل المثال:

- Dounia Bouzar, Français Radicalisés : Enquête : Ce Que Révèle Lʾaccompagnement De 1000 Jeunes Et De Leurs Familles, (Paris, Éditions De Lʾatelier, 2018).
- Farhad Khosrokhavar, Le Nouveau Jihad En Occident, (Paris, Robert Laffont, 2018).

الإسلام على أنه «شرعيّ، ومُسَيْطَرٌ عليه، وطبيعيّ»[27]، وتيار آخر يرى أنه «غير شرعيّ، وغير مُسَيْطَرٍ عليه، ومَرَضِيّ»[28].

- **الفئة المعرفية الخامسة** تدرس العنف الذي يُرتكب باسم الإسلام، إمّا كسلاح للضعفاء، أو كسلاح من أسلحة الأقوياء. فبعض الباحثين يَعُدُّه سلاح الضعفاء للذود عن مصالحهم وهوياتهم بالرغم من ضعفهم[29]. ولكننا نجد من الباحثين - مثل تشومسكي - من يَعُدُّه سلاحًا للأقوياء قبل كل شيء «عندما يُزعم العكس، فهذا فقط لأن الأقوياء يتحكمون أيضًا في الأجهزة الأيديولوجية والثقافية التي تسمح لإرهابهم بأن يُمرر على أنه من عمل الآخر»[30].

- **الفئة المعرفية السادسة** تتعلق بمناقشات أجريت بزخم في السياق الأكاديمي الفرنسي أكثر من غيره، للسعي إلى معرفة ما إذا كان من المناسب الحديث عن تطرف الإسلام أم عن أسلمة التطرف، لفهم ظاهرة التطرف المؤدي إلى العنف باسم الإسلام.

يمكن العثور على أربع إجابات محتملة في الأدبيات. الأولى يدافع عنها جيل كيبل، الذي يجادل بأنه تطرف للإسلام[31]. الثانية يدعمها وينظر إليها

---

27. انظر على سبيل المثال:

François Burgat, Comprendre L›islam Politique : Une Trajectoire De Recherche Sur L'altérité Islamiste, 1973-2016, (Paris, La Découverte, 2016).

Dominique Baillet, Islam, Islamisme Et Terrorisme, Sud/Nord, Vol. 16, No. 1, 2002, P. 5372-.

28. انظر على سبيل المثال:

- Dominique Baillet, Islam, Islamisme Et Terrorisme, Sud/Nord, Vol. 16, No. 1, 2002, p-p. 5372-.

29. انظر على سبيل المثال:

Jacques Vergès, Interview Jacques Vergès : Le Terrorisme Est L›arme Des Faibles, Corse Matin, Propos Recueillis Par Franck Leclerc, 11 Octobre 2009, Https://Bit.Ly/3ehuerb.

30. انظر على سبيل المثال:

Noam Chomsky, Les États-Unis Entre Hyperpuissance Et Hyperhégémonie, Terrorisme, L'arme Des Puissants, Le Monde Diplomatique, Décembre 2001, p-p.1011-.

31. انظر على سبيل المثال:

Dakhli, L. (2016). L'islamologie Est Un Sport De Combat: De Gilles Kepel À Olivier Roy, L'univers Impitoyable Des Experts De L'islam. Revue Du Crieur, 3, 417-. Https://Doi.Org/10.3917/Crieu.003.0004

أوليڤييه روا[32]، الـذي يقـول إن التطرف أسـلمة للعنف السـياسي، ونـوع مـن ثـورة الأجيـال العدميـة التـي تـأتي في شـكل سـبب أو أزمـة وجوديـة، سـواء عـلى المسـتوى الفـردي أو المجتمعـي، ويذهـب إلى نفـس هـذا التفسـير أليسـاندرو أورسـيني عندمـا يقـول إن المجتمـع «يمـر بتناقضـات عميقـة، ويُوقـع الأفـراد في قلـق وجـودي يضطرهم إلى البحث في الأيديولوجيات عن وسيلة لوضع حد لحيرتهم النفسية»[33].

بالنسـبة إلى أورسـيني، فهـو يذهـب إلى أنَّ مـا يدفـع الإرهـابي إلى فعلـه في المقـام الأول هـو تلبيـة حاجـة روحيـة وإعطـاء معنـى لوجـوده. في حـين تفـترض إجابـة ثالثـة أنـه مـن الأفضـل الجمـع بـين المقاربتـين مـن أجـل فهـم أفضـل للتطـرف المؤدي إلى العنف باسم الإسلام[34].

وثمـة إجابـة رابعـة يـرى أصحابهـا أنـه لا يوجـد تطـرف في الإسـلام ولا أسـلمة للتطـرف، وأن العنـف الـذي يُعبَّـر عنـه باسـم الإسـلام مـا هـو إلَّا «تطـرف سـياسي»، يسـبق التطـرف الدينـي، قبـل أن يغلـف الأخـير الأول لتمريـره والتشـريع لـه بشـكل أكبر[35].

- **الفئـة المعرفيـة السـابعة** تسـعى إلى معرفـة أولويـة مـا يجـب دراسـته، وهـو في هـذا الصـدد فَهْـم كيـف يصبـح الفـرد متطرفًـا، وهـو السـؤال الرئيـسي الـذي يُطـرح في هـذه الفئـة[36]. وفي هـذا السـياق يوجـد الآن مقاربتـان حديثتـان،

---

32. Olivier Roy, Il Faut Distinguer Violence Politique Et Violence Religieuse, Chronik, 17 Novembre 2017, Https://Chronik.Fr/Olivier-Roy-Html.Html .

33. Orsini Alessandro, « La Radicalisation Des Terroristes De Vocation », Commentaire, 2016/4 (Numéro 156), p-p. 783-790. Https://Bit.Ly/3uhbxre

34. Marie-Anne Valfort, Radicalisation De L'islam Et Islamisation De La Radicalité Sont Des Phénomènes Complémentaires, Le Monde,1er Juin 2018, Https://Bit.Ly/3ty5v6s

35. انظر على سبيل المثال:

Burgat, La Violence Dite Islamique Ne Vient Pas De L'islam, Mediapart, 10 Octobre 2016, Https://Bit.Ly/3ih6lz9

36. انظر على سبيل المثال:

Khosrokhavar, Farhad. Radicalisation, (Éditions De La Maison des Sciences De L'homme, 2017).

تنزعــان إلى تغييــر زاويــة دراسـات التطـرف المـؤدي إلى العنـف باسـم الإسـلام. الأولى تطالـب بتجنـب تفسـير هـذا التطـرف مـن حيـث الدوافـع «للتركيـز بـدلًا مـن ذلـك عـلى بعـض آثـاره، وعـلى وجـه الخصـوص بالتركيـز عـلى مسـألة الخـوف والرعـب مـن خـلال تحويلـه مـن مسـألة معرفـة سـبب ارتـكاب العنـف، إلى مسـألة معرفـة سـبب شـعورنا بهـذا الرعـب في مواجهـة هـذا العنـف»[37]. وتثيـر المقاربـة الثانيـة التسـاؤل عـن أسـباب انسـياق الأفـراد والجماعـات إلى التطرف المؤدي إلى العنف باسم الإسلام، وكيفية حدوثه [38].

- **الفئـة المعرفيـة الثامنـة**، يفـترض فيهـا الباحثـون أن علاقـة الإسـلام بالعنـف إمّـا أنها «مشكلة في حد ذاتها»[39]، أو هي «حلّ في حد ذاته»[40].

- **الفئـة المعرفيـة التاسـعة** معنيّـة بالنظـر في العلاقـة بـين الدينـي والسـياسي، وتأثيرهـا عـلى عمليـة التطـرف المـؤدي إلى العنـف باسـم الإسـلام. فيـرى بعـض المختصـين أن التعبئـة والعنـف باسـم الإسـلام يسـتندان أساسًـا إلى دوافـع سياسـية[41]. عندئـذ يكـون للسـياسي الأسـبقية عـلى الدينـي في التجييـش

---

37. انظر على سبيل المثال:

Marc Antoine Berthod, Penser La Terreur, L'horrible Et La Mort: Entretien Avec Talal Asad, Ethnographiques. Org, No. 13, 2007, Https://Bit.Ly/3ehwfbo

38. انظر على سبيل المثال:

Samir Amghar Et Khadiyatoulah Fall, Quitter La Violence Islamique. Retour Sur Le Phénomène De Désaffiliation Djihadiste, Revue Du Mauss, Vol. 49, No. 1, 2017, p-p. 115133-.

39. انظر على سبيل المثال:

Hamed Abdel-Samad, Le Fascisme Islamique : Une Analyse, (Paris, Grasset, 2017).

40. انظر على سبيل المثال:

Abdelali Mamoun, L'islam Contre Le Radicalisme. Manuel De Contre-Offensive, (Paris, Les Éditions Du Cerf, 2017).

41. انظر على سبيل المثال

Jürgen Habermas, Le Djihadisme, Une Forme Moderne De Réaction Au Déracinement, Propos Recueillis Par Nicolas Weill, Le Monde, 19 Novembre 2015, Https://Bit.Ly/3xzvrya.

والتحريـض عـلى العنـف. وعـلى العكـس مـن ذلـك، يفـترض باحثـون آخـرون[42] أن الديـن لـه الأسـبقية عـلى السياسـة، وأن العنـف المُرتكَـب باسـم الديـن ليـس عنفًـا سياسـيًّا. وهنـاك مـن يـرى أن التطـرف الـذي يـؤدي إلى العنـف باسـم الإسلام يقع في مفترق طرق بين السياسي والديني.[43]

- **الفئـة المعرفيـة العـاشرة** تركـز عـلى إيجـاد حلـول لمشـكلة التطـرف المـؤدي إلى العنـف باسـم الإسـلام. في هـذه الفئـة، يـصر تيـار أول عـلى حقيقـة أن إدمـاج الإسلامويين في المجتمعـات وإشراكهـم في الحكـم سـيؤدي بهـم إلى الاعتـدال، وأن اسـتبعادهم أو إقصاءهـم لـن يـؤدي إلَّا إلى مزيـد مـن التطـرف. ففـي النظـام التعـددي، سـيؤدي دمـج الإسلامويين بـلا شـك إلى اعتدالهـم[44]، في حـين أن اسـتبعادهم مـن اللعبـة السياسـية مـن شـأنه أن يُسـهم في تطرفهـم[45]. تيـار ثانٍ، يشـكك في عمليـة نـزع التطـرف عـن الإسـلامويين عـن طريـق إدماجهـم، لأن الإسلاموية هـي حركـة عنيفـة بطبيعتهـا، وأن هـذا العنـف سـيظهر عـلى الرغـم مـن الإدمـاج، وغالبًـا مـا يتـم في هـذا السـياق ذكـر مثـال الرئيـس المصري

---

42. انظر على سبيل المثال:

Mircea Eliade, Le Sacré Et Le Profane, (Paris, Gallimard, 1957).

Jean-Pierre Castel, Non, La Violence Monothéiste N'est Pas Qu'une Violence Politique, Connexions, Vol. 108, No. 2, 2017, p-p. 153170-.

43. انظر على سبيل المثال:

Haoues Seniguer, « Une Terreur Sacrée? La Violence À L'heure Des Crises Du Moyen-Orient », Confluences Méditerranée, Vol. 94, No. 3, 2015, p-p. 6380-.

44. انظر على سبيل المثال:

Jillian Schwedler, Can Islamists Become Moderates? Rethinking The Inclusion-Moderation Hypothesis, World Politics, Vol. 63, No. 2, 2011, p-p. 347376-.

Eva Wegner Et Miquel Pellicer, Islamist Moderation Without Democratization: The Coming Of Age Of The Moroccan Party Of Justice And Development, Democratization, Vol. 16, No. 1, 2009, p-p. 157175-.

45. انظر على سبيل المثال:

- Mohammed Hafez, Why Muslims Rebel: Repression and Resistance in The Islamic World, (Londres, Lynne Rienner Publishers, 2003).

- Quintan Wiktorowicz (Dir.), Islamic Activism. A Social Movement Theory, (Bloomington, Indiana University Press, 2004).

السـادات (1918-1981)، الـذي اغتيـل عـلى يـد إسـلاميين أطلـق سراحهـم ومنَحَهم الحريات السياسية.[46]

بعـد استعراض هـذه المقاربـات المختلفـة، مـا هـي الـدروس التـي يمكـن تعلُّمهـا مـن خريطـة المقاربـات الأكاديميـة الغربيـة لظاهـرة التطرف الإسلاموي المـؤدي إلى العنـف؟ ومـا هـي نقـاط ضعفهـا؟ أو بالأحـرى أيـن العطـب أو الخلـل فيها؟.

في القسـم الآتي، وكذلـك في ختـام هـذه الدراسـة نحـاول الإجابـة عـن هـذه الأسئلة.

ثانيًا: تأثير المقاربـات الأكاديميـة الغربيـة لظاهـرة التطرف الإسـلاموي المؤدي إلى العنف على نتائج البحث:

يهـدف هـذا الجـزء مـن الدراسـة أولًا إلى فهـم كيفيـة تأثير تلك المقاربـات النظريـة والمعرفيـة المختلفـة - المعروضـة سابقًـا - عـلى الممارسـات المنهجيـة للباحثـين، وعـلى عمليـة الإنتـاج المعـرفي في مجـال التطـرف الإسلاموي المـؤدي إلى العنـف، ثـم عـلى نتائـج البحـث بصفـة عامـة. كـما يهـدف بعـد ذلـك إلى تحديـد بعـض التحديـات المعرفيـة والأخلاقيـة المنبثقـة مـن تلـك المقاربـات.

الأدبيـات، التـي تـم الرجـوع إليهـا قبـل الخـوض في تلـك الدراسـة، توضـح أن المقاربـات والنظريـات والنمـاذج التـي تـدرس التطـرف المـؤدي إلى العنـف باسـم الإسـلام وتحللـه، نـادرًا مـا تتـم مناقشـتها بعمـق، كـما أنـه نـادرًا مـا تتحـاور تلـك المقاربـات فيـما بينهـا. فكـل تخصـص (العلوم السياسـية، الدراسـات الدينيـة، علـم الاجتـماع وعلـم النفـس ... إلخ)، كلهـا يُقَـدر ويُعـلي مـن شـأن المعرفـة التـي ينتجهـا،

---

46. Wael Saleh Et Patrice Brodeur, Lʼislam Politique À Lʼère Du Post-Printemps Arabe. Sommes-Nous Entrés Dans Lʼère Du Nécro-Islamisme? (Paris, Lʼharmattan, 2017).

والزاوية التي يتناول من خلالها تلك الظاهرة، ويقلل من أهمية ما هو غريب عنه. وَتُتَرْجَم هذه المواقف الأنطولوجية إلى مقاربات معرفية، والتي بدورها تُتَرْجَم إلى ممارسات منهجية وإنتاج معرفي.

فعلى سبيل المثال، يجادل فرنسوا بورغا بأن «[...] الإسلامويين هم فقط لاعبون سياسيون»، وأنه «يجب التوقف عن استخدام المقاربات الدينية لدراستهم وفهمهم». وهذا يتماشى تمامًا مع التخصص الذي يعتمده لدراسة تلك الظاهرة، وهو العلوم السياسية. وهو بنفسه يؤكد ذلك حين يتحدث عن نفسه، إذ يقول: «أنا لست مختصًا في الإسلام، ولا أعرفه حتى بشكل جيد»[47]. لذلك يمكننا أن نقول إن فرنسوا بورغا لا يستخدم نهجًا تجريبيًا مناسبًا لدراسة ظاهرة التطرف المؤدية إلى العنف باسم الإسلام، لكنه يركز بدلًا من ذلك على ما يتقن التعامل معه، وهو صنف الدراسات السياسة، مع التقليل من أهمية ما هو غريب عنه، ونقصد بذلك أساسًا الجوانب الدينية أو التدينية للظاهرة.

من جانب آخر، يوجد في الأدبيات التي تم الرجوع إليها خلط بين الإسلام والإسلاموية[48] [49]. إن مثل هذا الالتباس يحجب بشكل خطير الأسباب الحقيقية للعنف المرتكَب باسم الإسلام، والذي «يؤدي بالضرورة

---

47. Burgat, « La Violence Dite Islamique Ne Vient Pas De L'islam ».

48. انظر على سبيل المثال:

-Talal Asad, Formations Of The Secular: Christianity, Islam, Modernity, (Stanford, Stanford University Press, 2003).

-Saba Mahmood, Politics Of Piety: The Islamic Revival And The Feminist Subject, (Princeton, Princeton University Press, 2005).

49. أولئك الذين يرون الإسلاموية على أنها لسان حال الإسلام يمنحون الإسلامويين دورًا كهنوتيًا، ضد تعاليم الإسلام ذاته المتمثل في حظر الكهنوت. انظر على سبيل المثال:

-Wael Saleh, La Conception De L'état Au Prisme Du Lien Entre Le Religieux Et Le Politique Dans La Pensée Égyptienne Moderne Et Contemporaine (20112015-) : Continuités, Évolutions Et Ruptures, Thèse De Doctorat En Sciences Humaines Appliquées (Sciences Politiques Et Études Arabo-Islamiques), Université De Montréal, 2016.

إلى إخفاقـات في مجابهـة الإرهـاب والتطـرف المـؤدي إلى العنـف باسـم الإسلام»[50].

كـما تُظهـر الأدبيـات - التـي تـم الرجـوع إليهـا أيضًـا - أن المعتقدات الاجتماعيـة والسياسـية والاقتصاديـة والجيواسـتراتيجية للباحثـين توجـه اختياراتِهـم المعرفيـة، ومـن ثـم تنعكـس عـلى ممارسـاتهم المنهجيـة، وعـلى إنتاجهـم للمعرفـة في مجـال التطـرف الإسلامـوي المـؤدي إلى العنـف. وفي هـذا السـياق يمكننـا القـول إنـه يوجـد - فيـما يبـدو - «لـوبي أكاديمـي»[51] لتبييـض العنـف الـذي يمارسـه الإسلامويـون باسـم الإسـلام. ويُمـارَس هـذا الضغـط مِمَّـن يمكـنُ تسـميتُهم بـ «مثـيري الاضطـراب المعـرفي»، الذيـن يسـعون إلى إقامـة سـلطة معرفيـة مهيمنـة تهـدف إلى فرضـه، مـن خـلال إنـكار التعدديـة التفسـيرية، واعتـماد تفسـير واحـد للعنـف المرتكَـب باسـم الإسـلام، وهـو تفسـير يتوافـق فقـط مـع مصالـح الجماعـات الإسلامويـة وحلفائهـا الجيواسـتراتيجيين[52]. ولـكي نفهـم التطـرف المـؤدي إلى العنـف باسـم الإسـلام بشـكل أفضـل، مـن الضـروري إذن الأخـذ في الحسـبان تلـك المصالـح الجيوسياسـية[53] الكامنـة وراء هـذه الظاهـرة، ووراء مـن يُبَيِّضهـا ويسـوِّغُ لهـا في الأكاديميـات الغربيـة، وذلـك لفهم أفضل للظاهرة وكيفية مجابهتها[54].

فعـلى سـبيل المثـال، يفـترض فرنسـوا بورغـا - القريـب مـن قطـر وتركيـا وجماعـة الإخـوان[55] - أن اللجـوء إلى العنـف مفـروض عـلى الإسلامويـين، ويدعـي

---

50. Aurélie Campana, Impasse Terroriste : Violence Et Extrémisme Au XXième Siècle, (Montréal, Multimondes, 2018).

51. عملية إنتاج المعرفة بغرض التأثير على السياسات أو البرامج أو القوانين أو عمليات التمويل.

52. انظر على سبيل المثال:

Ismail Alexandrani, Sinai: From Revolution to Terrorism », Egypt's Revolutions: Politics, Religion and Social Movements, (New York, Palgrave Macmillan, 2016), p-p. 179-196.

53. انظر على سبيل المثال:

Tilman Ludke, Jihad Made in Germany: Ottoman and German Propaganda and Intelligence Operations In The First World War, (Münster, Lit Verlag, 2005).

54. Campana, Impasse Terroriste : Violence Et Extrémisme Au XXIe Siècle.

55. تقوم استراتيجية هذين البلدين على تعزيز القوى الإسلاموية، ولا سيّما جماعة الإخوان المسلمين.

أنه ليس لديهم أي خيار سوى الرد على العنف بالعنف[56]. من جانبه ينتقد حواس سنيقر هذه الفرضية بقوله إن بورغا يحذف من قائمة أدوات تحليله «الاختيار المتعمد والواعي، وبالتالي الأيديولوجي، للإسلامويين الذين يقررون الانخراط في العنف»[57]. ويبدو أن فرنسوا بورغا - جُبِلَ - وعن قصد - على تبييض العنف الذي يرتكبه الإسلامويون من خلال مبررات وحجج مضللة ومعلومات مغلوطة، لتحويل الانتباه عن الأسس الأيديولوجية للعنف الذي تمارسه الإسلاموية[58].

واضحٌ أن فرنسوا بورغا يُقر بممارسة الإسلامويين للعنف[59]، ولكنه يبرره قائلًا: «بأنه على الرغم من أنه يمثل انحرافًا[60] عن قواعد الإسلام»[61] «لكن القمع هو سبب هذا الانحراف (ويضرب على ذلك أمثلة مِمَّا وقع في عهد عبد الناصر في مصر على سبيل المثال)»[62]. ثم يُطبع هذا العنف ويقلل من شأنه بقوله إن الإسلامويين ليسوا وحدهم من يلجؤون إلى العنف. ومعظم من ينحو نحو بورغا من الباحثين يستشهد باليمين المتطرف، أو ما يطلقون عليه اسم «الدول الإرهابية»، كأمثلة لتطبيع العنف الممارس من قبل الإسلاموية. ثم

---

56. Burgat, « La Violence Dite Islamique Ne Vient Pas De L'islam ».

57. Haoues Seniguer, Burgat François. Comprendre L'islam Politique. Une Trajectoire De Recherche Sur L'altérité Islamiste, 1973-2016. (Paris, La Découverte, 2016). Cahiers D›études Africaines, Vol. 233, No. 1, 2019, P. 276-278, Https://Bit.Ly/3ecwsng

58. طارق رمضان، قال بنفسه إنه «[...] بعيدًا عن إضفاء الطابع الجوهراني على الإسلام، يجب تحليل كيفية استخدامه من قبل الفاعلين في الحركات المتطرفة العنيفة. إن الادعاء بعدم وجود علاقة بين التطرف المؤدي إلى العنف باسم الإسلام والتدين ليس صحيحًا. Tariq Ramadan, Le Génie De L›islâm : Initiation À Ses Fondements, Sa Spiritualité Et Son Histoire, (Paris, Archipoche, 2017).

59. Burgat, La Violence Dite Islamique Ne Vient Pas De L'islam.

60. سيد قطب، معالم في الطريق (القاهرة: دار الشروق، 1969).

61. حسن البنّا، رسائل الإمام البنّا (الإسكندرية: دار الدعوة، 1990).

62. انظر:

Tewfik Aclimandos, Les Frères Musulmans Égyptiens : Pour Une Critique Des Vœux Pieux, Politique Africaine, V. 108, No. 4, 2007, P. 25-46, Https://Bit.Ly/3xtekez

يطالـب هـؤلاء الباحثـون بعـد ذلـك بحتميـة دراسـة ظاهـرة التطـرف المـؤدي إلى العنف باسم الإسلام فقط، من خلال هذا السياق التطبيعي.

بينـما يعتقـد باحثـون آخـرون أن الإسـلامويين، وخصوصًـا الإخـوان، معتدلـون لمجرد أنهـم يُدينـون أعـمال العنـف التـي تُرتـكب باسـم الإسـلام. وهنـاك مـن يصـف العنـف الـذي يمارسـه الإسـلامويون عـلى أنـه عنـف مضـاد (رد فعـل) تلقائي دون أي تنظيـر مسـبق[63]. أخـيرًا، هنـاك مـن الباحثـين - لا سـيّما ممـن ينتمـون إلى « دراسـات مـا بعـد الكولونياليـة » [64] - مـن يقـول إن التطـرف المـؤدي إلى العنـف باسـم الإسـلام هـو مسـألة عنـف مشـروع، أو عنـف مضـاد (كـرد فعـل)، أو نـوع مـن «المقاومـة»، أو انتقـام مـن فـترة الاستعـمار[65] أو حتـى رد فعـل ضـد «العولمـة». عـلى سـبيل المثـال، يشـير فرنسـوا راتسـتياي إلى أن تعصب الجهاديـين ليـس لـه دافـع نابـع مـن الديـن، ولا يعـود بـأي حـال إلى المنظريـن والدعـاة الإسـلامويين المتطرفـين [...]. والدافـع سـياسي (...) أنـه إمّـا نتـاج للإمبرياليـة الغربيـة، أو رد فعـل عـلى هـذه الإمبرياليـة. وهكـذا يدعـي الفيلسـوف سـلافوي جيجيـك Slavoj Žižek عندمـا يقـول إن التطـرف باسم الإسلام يعبر عن غضب ضحايا العولمة الرأسمالية[66].

ويوجـد اتجـاه ثانٍ ينفي فيه الباحثـون أن يكـون مرتكبـو التطـرف المـؤدي إلى العنـف باسـم الإسـلام إسـلامويين، مدعيًـا أن هـؤلاء هـم الضحايـا الحقيقيون لأعمـال العنـف هـذه. بالنسـبة إلى مؤيـدي هـذا الاتجـاه، فـإن الإسـلامويين مجـرد معارضـين «للقـوى الديكتاتوريـة القمعيـة في الشـرق الأوسـط»، ثم يذهبـون أكـثر

---

63. انظر:

Burhan Ghalioun, Islam Et Terrorisme : De Lʼorigine De La Violence Dans Les Pays Musulmans, Confluences Méditerranée, Vol. 40, No. 1, 2002, P. 113-123, Doi : 10.3917/Come.040.0113.

64. Postcolonialism

65. انظر:

Ramadan, Le Génie De Lʼislâm : Initiation À Ses Fondements, Sa Spiritualité Et Son Histoire.

66. François Rastier, Sur L'interprétation Postcoloniale Du Terrorisme Islamiste, Cités, Vol. 72, No. 4, 2017, p-p. 95-116, https://bit.ly/3W8bimR

من ذلك في هذا المنحى ليصلوا إلى الادعاء، بغير الحقيقة، بأن المخابرات (عربية، أوروبية، أمريكية، ...إلخ) هي الجاني الحقيقي.» فالهدف «غير المعلن» لأجهزة المخابرات، بالنسبة إلى هؤلاء الباحثين - المرتبطين غالبًا بجماعات الضغط الممولة من الإسلامويين - هو تشويه سمعة الإسلام ودعم الدكتاتوريين العرب، الذين هم عملاء للغرب».[67]

مما سبق يمكننا القول إن بعض المقاربات المعرفية والمنهجية الغربية تبدو متورطة - بوعي أو بغير وعي - في تبييض العنف الذي تمارسه الإسلاموية. هذا التبييض الذي يمكن تعريفه بأنه عملية إخفاء المصدر الرئيسي للتطرف المؤدي إلى العنف باسم الإسلام، أو الأسس الأيديولوجية لهذا التطرف. وغالبًا ما تكون تقنيات «تبييض العنف» المستخدمة معقدة للغاية، فهي تتم بشكل عام من خلال ثلاث مراحل:

1. **التنسيب:** إدخال مبررات وحجج غير صحيحة، ومعلومات مضللة في النقاش، حول العنف الذي تمارسه الإسلاموية؛

2. **التشتيت:** تحويل الانتباه عن الأسس الأيديولوجية للعنف، والتركيز على أسباب ودوافع أخرى هامشية أو غير حقيقية، وخلق مجموعة متشابكة من العمليات المعرفية والمنهجية؛ بهدف طمس مسارات التدقيق في أصل الأسس الفكرية التي بُني عليها التطرف المؤدي إلى العنف باسم الإسلام وخصائصه؛

3. **الإدماج:** إعادة إدخال الحجج والمبررات الأيديولوجية - ذات الأصل الإسلاموي - في النقاش، من أجل إضفاء الشرعية عليها، غالبًا من خلال صبغها بصبغة فلسفية وإبستمولوجية ما بعد حداثية[68].

---

67. انظر على سبيل المثال:

David D. Kirkpatrick, Into the Hands of The Soldiers: Freedom And Chaos In Egypt And The Middle East, (New York, Viking, 2018).

68. هذا التنظير مستوحى بشكل أساسي من تقنيات غسيل الأموال التي شرحها مركز تحليل المعاملات المالية الكندي، (Centre D›analyse Des Opérations Et Déclarations Financières Du Canada (Canafe,

من جانب آخر، إن التباين في اهتمامات الباحثين الذين يحللون التطرف المؤدي إلى العنف باسم الإسلام، ومعرفتهم بالظاهرة، يعني أنهم لا يهتمون بنفس الجوانب أو بنفس الأبعاد أو بنفس مقاييس مراقبة الظاهرة ورصدها. لذا يقترح المفكر الفرنسي برنارد لاهير، بأنه من الضروري القدرة على قراءة الدراسات والبحوث في مجال العلوم الإنسانية والاجتماعية بشكل نقدي. وهذا ينطبق تمامًا على الدراسات المتعلقة بظاهرة التطرف الذي يؤدي إلى العنف باسم الإسلام، وذلك للتمكن من التوصل إلى تصور تعددي للمقاربات التي يمكن للباحثين تبنيها، والتوصل إلى نهج متعدد التخصصات لدراسة أعمق لهذه الظاهرة[69].

لذلك، فإن شرح التطرف (الذي يُرتكب باسم الإسلام، من قبل إسلامويين لديهم معرفة غير كاملة أو مُسيَّسة لهذا الدين)، وفقًا لعوامل اجتماعية أو سياسية أو اقتصادية، هو بالنسبة إلينا خطأ معرفي ومنهجي. بل يمكن اعتبار الإصرار على هذا الخطأ بمنزلة تبييض للعنف، إذ يؤدي تفسير التطرف المؤدي إلى العنف باسم الإسلام بأنه نتيجة أحادية الجانب للمشاكل الاقتصادية (مثل الفقر والبطالة)، أو السياسية (مثل الديكتاتورية أو الصراع العربي الإسرائيلي)، يؤدي إلى نتائج متحيزة وجزئية، وهو ما يمثل حجر عثرة معرفية، خصوصًا إذا كان الهدف هو إيجاد حلول لهذه المشكلة. فهذا النهج الأحادي يستثني من قائمة التفسير والفهم الدورَ الذي تلعبه الأيديولوجيا الإسلاموية، والعوامل الأخرى التي تلعب دورًا في التطرف المؤدي إلى العنف باسم الإسلام.

«في كل الأحوال، لا يجب استبعاد الدور الذي تلعبه الأيديولوجيا الإسلاموية، والعوامل الأخرى التي تلعب دورًا في التطرف الذي يؤدي إلى العنف باسم الإسلام، فإذا كان الإرهاب نتيجة للفقر وعدم المساواة

---

69. Https://Bit.Ly/3idvpkv Bernard Lahire, Monde Pluriel. Penser L'unité Des Sciences Sociales (Paris: Seuil, 2012).

الاجتماعيـة فقـط، فسـيكون العـالم مليئًـا بالإرهابيـين مـن أمريـكا اللاتينيـة إلى أفريقيـا بشـكل خـاص، وإذا كانـت الديمقراطيـة ترياقًـا فعـالًا، فسـيتعين عـلى الهنـد، أكبر ديمقراطيـة في العـالم، أن تُواجـه هجـمات أقـل مـن الديكتاتوريـات، مثـل ليبيـا في أيـام القـذافي عـلى سـبيل المثـال. علاوة على ذلك، إذا كان السـبب الرئيـسي للإرهـاب هـو الـصراع العـربي الإسرائيـلي، فلـماذا لم يوجـه الإرهابيـون طلقـة واحـدة نحـو إسرائيـل؟ [بـل توجـد أدلـة إسرائيليـة علنيـة عـلى أن الإرهابيـين الإسلامويين في سـوريا تـم علاجهـم في مستشـفيات إسرائيليـة، وحصلـوا عـلى بعـض الدعـم اللوجيسـتي الإسرائيلي]، ولـماذا يفجـر الانتحاريون مـدارس الفتيـات في أفغانسـتان بـدلًا مـن دعـم مقاومـة الشـعب الفلسـطيني؟ ولـماذا فَجَّر إرهابيـو مصر الإسلامويون عـام 2017 قنبلـة قبـل فتـح النار عـلى الضحايـا، وهـم يصلـون الجمعـة في مسـجد صوفي آمـن في سـيناء، ممـا أسـفر عن مقتل أكثر من 300 شخص في لحظات»[70] ؟.

---

70. وائـل صالـح، لمـاذا تتعاطـف دوائـر عديـدة في الأكاديميـا الغربيـة مـع الاسـلاموية؟ عندمـا يـبرر فريـق مـن باحثـي الأكاديميـا الغربية العنف الذي تمارسه الإسلاموية، مؤمنون بلا حدود، 18 يناير 2021، Https://Bit.Ly/3gggnww

خاتمة

مـن الـضروري أن نبدأ التفكير في الخطـوط الرئيسية لمقاربـة معرفية أكـثر وعيًـا وفهـمًا لطبيعـة التطـرف المـؤدي إلى العنـف باسـم الإسـلام. وفي هـذا السـياق تقـترح هـذه الدراسـة في خاتمتهـا مقاربـة تهـدف إلى فهـم لمـاذا وكيف يصبـح الشخص متطرفًـا، ويرتكـب العنـف باسـم الإسـلام؟ وتسـعى، في الوقـت نفسـه، إلى مراعـاة السـياق وتحديـد الأفكار التي تبرر العنـف أو تُنظِّـر لـه أو تدفـع إليـه، وهي أفكار لا يمكـن للمتطرفـين أن يرتكبـوا أفعالهـم تحت رايـة نمـط تَدَيُّنهـم مـن دونها. وعليه فـإن النهـج المقـترح هنا هـو عمـودي (دراسـة المتطـرف)، وأفقـي (دراسـة السـياق المجتمعـي والسياسي والاقتصـادي، ولكـن أيضًـا الأيديولوجيـا التـي ينتمـي إليهـا المتطرف، أو التي قد مارس العنف تحت مظلتها الفكرية).

كـما أن اتِّبـاع مقاربـة نقديـة ومتعـددة التخصصـات، تربـط بـين عوامـل التهميـش الاقتصـادي والاجتماعـي والسـياسي وبـين النصـوص المؤسسـة والمسـوغة للعنـف، وإعطـاء كل العوامـل وزنهـا النسـبي، كل ذلك يُعَـدُّ أمـورًا ضروريـة مـن أجل فهـمٍ أفضـل لظاهـرة التطـرف التي تـؤدي - كذبًـا - إلى العنـف باسـم الإسـلام، دون الوقوع في فخ تبييض العنف[71].

وفي ضـوء الفئـات العشـر المذكـورة في الجـزء الأول مـن الدراسـة، فـإن المقاربـة التـي تقترحهـا الدراسـة تعتبـر أن الإسـلاموية - وفقًـا للنصـوص التأسيسـية التي تشكل رؤيتها للعالـم - هـي في جوهرهـا حركة متطرفـة وعنيفة[72]. وبالرغـم مـن أن هـذه المقاربـة تفترض أن الانتمـاء

71. المرجع السابق.

72. Saleh Et Brodeur, L›islam Politique À L›ère Du Post-Printemps Arabe. Sommes-Nous Entrés Dans L›ère Du Nécro-Islamisme? (Paris: Editions L›Harmattan, 2017).

إلى الإسلاموية هـو العامـل الأساسي في التطرف الـذي يـؤدي إلى العنـف باسـم الإسـلام، فإنهـا تقـترح في الوقـت نفسـه دراسـة كل حالـة مـن حالات التطرف المـؤدي إلى العنـف على حـدة، وذلـك لتحديـد العوامـل الأخـرى (الاجتماعيـة - السياسـية - الاقتصاديـة) التـي يمكـن أن تلعـب دورًا في عمليـة التطـرف المـؤدي إلى العنـف. فتلـك العوامـل يجـب أخذهـا دائمًـا في الحسـبان وفقًـا لـكل حالـة مـن الحـالات المدروسـة، ولا يجـب التعميـم مـن خلالهـا[73]. لذلـك، فـإن المقاربـة المقترحـة لا تَعُـدُّ التطـرف المـؤدي إلى العنـف باسـم الإسـلام تطرفًـا للإسـلام، ولا تَعُـدُّه أسـلمةً للتطـرف مثلـما نقـف عـلى ذلـك في الأدبيـات. وذلـك لأن الإسلاموية - التـي ليسـت الإسـلام - هـي المصـدر الرئيـسي للتطـرف الـذي يـؤدي إلى العنـف باسـم الإسـلام. إن المقاربـة المقترحـة هنـا ليسـت جوهرانيـة[74] تفـرض نفسـها عـلى دراسـة ظاهـرة التطـرف المـؤدي إلى العنـف باسـم الإسـلام، بـل إن الظاهـرة ذاتهـا هـي التـي تتطلـب تلـك المقاربـة التـي تميـز بـين الإسـلام (الديـن) وبـين الإسلاموية (الأيديولوجيا المتطرفة بطبيعتها).

فيـما يتعلـق بالمعايـير الثلاثـة لتصنيـف العنـف (الشرعيـة والهيمنـة والطبيعـة)، فـإن المقاربـة المقترحـة تقـترح تصنيفًـا يتكـون مـن ثلاثـة أنـواع مـن العنـف التـي يمكـن لهـا أن تنطبـق على التطـرف المـؤدي إلى العنـف باسـم الإسـلام:

---

73. كـما يـشرح بنيامـين ديكـول، ففـي الاتجـاه السـائد في الأدبيـات الحاليـة، لا توجـد صـورة أنموذجيـة للأفـراد الذيـن أصبحـوا متطرفـين. بـدلًا مـن ذلـك، هنـاك مجموعـة متنوعـة مـن الدوافـع والسـياقات الاجتماعيـة لهـؤلاء المتطرفـين. وعليـه، فـإن الهشاشـة النفسـية الفرديـة لا تـؤدي بالـضرورة إلى التطـرف. فالتطـرف يتطلـب تلبيـة واحـد أو أكـثر مـن «عـروض التطـرف»، التـي تسـتند عـلى مجموعـات مـن الخطابـات والمعتقـدات والـرؤى للعـالم. وفي حالـة توافـر تلـك العـروض للأفـراد الهشـين نفسـيًّا - مـن خـلال وكلاء تطـرُّف - يتـم انتقـال هـؤلاء إلى التطـرُّف. هـذا هـو السـبب في أن أحـد الأسـئلة المطروحـة لفهـم العنـف باسـم الإسـلام هـو معرفـة مـا إذا كانـت عمليـات التطـرف تنطـوي فقـط عـلى التطـرف المعـرفي أو عـلى التطـرف السـلوكي، أو حتـى عـلى كليهـما. انظـر: Benjamin Ducol, La Prévention De La Radicalisation Un Défi À Relever Collectivement, 2015, Https://Bit.Ly/3vufuh

كما تطرح الأدبيات صعوبة التمييز الواضح بين الإدراك والسلوك. انظر:

Pisoiu, Islamist Radicalisation In Europe. An Occupational Change Processes.

حتى الحاجة إلى جعل هذا التمييز، انظر:

Jamie Barlett Et Al., The Edge Of Violence: A Radical Approach To Extremism, (London: Demos, 2010).

Randy Borum, Rethinking Radicalization, Journal Of Strategic Security, Vol. 4, No. 4, 2011, P. 16-;

Clark Mccauley Et Sophia Moskalenko, Toward A Profile Of Lone Wolf Terrorists: What Moves An Individual From Radical Opinion To Radical Action, Terrorism And Political Violence, Vol. 26, No. 1, 2014, p-p. 6985-).

74. - Essentialist

1. العنف «المَرَضيّ - غير الشرعيّ - المُسيطِر »، كالعنف الذي يمارسه الإسلامويون في السلطة (على سبيل المثال، في تركيا)؛

2. العنف «المَرَضيّ - غير الشرعيّ - المُسيطَر عليه»، وهو العنف الذي يمارسه الإسلامويون في موقف المعارضة (على سبيل المثال، في مصر وتونس قبل ما يُسمى «الربيع العربي»)؛

3. العنف «العادي (الذي تم تطبيعه بمرور الوقت) - غير الشرعيّ - المهيمن»، وهو العنف الذي يمارسه الإسلامويون الذين ظلوا في السلطة لفترة طويلة (على سبيل المثال، إيران بعد عام 1979).

كما تسعى المقاربة المعرفية المقترحة إلى دراسة جميع الفاعلين في عملية التطرف المؤدي إلى العنف باسم الإسلام، بمَنْ في ذلك المتورطون في تنظير هذا العنف أو تبريره أو تبييضه. من جانب آخر تفترض المقاربة المقترحة بأنه على الرغم من أشكالها المختلفة، فإن مشكلة الإسلاموية تكمن في أنها لا تميز بين السياسي والديني. وعليه، فإن فهم التطرف المؤدي إلى العنف الذي تمارسه الإسلاموية يجب أن يستند إلى العوامل السياسية والدينية - وليس مجرد التمييز بينها - لتحديد أيهما له الأسبقية على الآخر بصفته دافعًا لهذا التطرف.

وبناءً على ما سبق، فإن تلك المقاربة المعرفية - الأكثر وعيًا بطبيعة التطرف المؤدي إلى العنف باسم الإسلام - يمكن أن تُسهم في فهم أفضل لتلك الظاهرة، كما يمكن أن تُسهم في مجابهة تبرير هذه الظاهرة، أو التسامح معها، أو التقليل من شأنها في المجتمع الأكاديمي الغربي. كما يمكن البنّاء عليها أيضًا لفك شفرة الخطابات والممارسات والتطورات المعقدة للتطرف المؤدي إلى العنف باسم الإسلام، وذلك من خلال نهج متعدد التخصصات، قادر على تبيان أفضل الطرق لقيام العلوم الاجتماعية والإنسانية بالمساهمة في إيجاد حلول سياقية

لظاهـرة التطـرف المـؤدي إلى العنـف باسـم الإسـلام، وتجنـب تبييـض هـذا العنـف من خلال تبريره أو تسويغه أو التقليل من شأنه.

كـما تسـعى تلـك المقاربـة في النهايـة إلى تجـاوز التفسـيرات الاسـتشراقية أو الثقافيـة[75]، أو الجوهرانيـة التـي تدعـي أن الإسـلام هـو العامـل الرئيـسي للتطـرف الـذي يـؤدي إلى العنـف. ولكـن في المقابـل، تسـعى تلـك المقاربـة أيضًـا، وفي الوقت نفسـه، إلى تجنـب التفسـيرات التـي تنكـر تمامًـا دور العوامـل الدينيـة والأيديولوجيـة (أيديولوجيـا الإخـوان عـلى سـبيل المثـال) وتركيـز النقـاش فقـط في العوامـل الاقتصادية والاجتماعية والسياسية.

كـما تهـدف المقاربـة التـي تقترحهـا هـذه الدراسـة إلى العمـل عـلى إنشـاء حـوار بينهـا وبـين المقاربـات الأخـرى، التـي ظلـت لفـترة طويلـة في عزلـة بعضهـا عـن بعـض، وذلـك مـن أجـل فهـم أفضـل للتطـرف الإسـلاموي المـؤدي إلى العنـف، وإيجـاد حلول واقعية وناجعة له.

---

75. Culturalist

قائمة المراجع

أولًا: المراجع العربية

- وائــل صالــح، «لمــاذا تتعاطـف دوائــر عديــدة في الأكاديميــا الغربيــة مـع الإسـلاموية؟ عندمـا يـبرر فريـق مـن باحثـي الأكاديميـا الغربيـة العنـف الـذي تمارسـه الإسـلاموية»، (مؤمنـون بـلا حـدود، 18 ينايـر 2021) Https://Bit. Ly/3gggnww

- وائـل صالـح، «الإسـلاموية: رؤيـة واحـدة .. مسـارات متعـددة ومصـير واحـد»، (تريندز للبحوث، 6 أبريل 2022) Https://Bit.Ly/3u9cjul

ثانيًا: المراجع الأجنبية

Books:

- Abdelali Mamoun, *L'islam Contre Le Radicalisme. Manuel De Contre-Offensive*, (Paris, Les Éditions Du Cerf, 2017).

- Abderrahim Lamchichi, *Islam, Islamisme Et Modernité*, (Paris, L'harmattan, 1994).

- Adnan Musallam, *From Secularism to Jihad: Sayyid Qutb And the Foundations of Radical Islamism*, (Londres, Praeger, 2005).

- Andrew Silke, *Becoming A Terrorist, Terrorists, Victims and Society.*

Psychological Perspectives on Terrorism and Its Consequences, (Chichester, John Wiley, 2003).

- Aurélie Campana, *Impasse Terroriste : Violence Et Extrémisme Au XXIe Siècle*, (Montréal, Éditions Multimondes, 2018).

- Barbara H. E. Zollner, *The Muslim Brotherhood: Hasan Al-Hudaybi And Ideology*, (Londres, Routledge, 2009).

- Bernard Lahire, *Monde Pluriel, Penser L'unité Des Sciences Sociales*, (Paris, Seuil, 2012).

- Burham Ghalioun, *Islam Et Politique La Modernité Trahie*, (Paris, Édition La Découverte, 1997).

- Daniela Pisoiu, *Islamist Radicalisation In Europe. An Occupational Change Process*, (Londres, Routledge, 2011).

- David D. Kirkpatrick, *Into the Hands of The Soldiers: Freedom and Chaos In Egypt And The Middle East*, (New York, Viking, 2018).

- Dounia Bouzar, *Français Radicalisés : Enquête : Ce Que Révèle L'accompagnement De 1000 Jeunes Et De Leurs Familles*, (Paris, Éditions De L'atelier, 2018).

- Farhad Khosrokhavar, *Le Nouveau Jihad En Occident*, (Paris, Robert Laffont, 2018).

- François Burgat, *L'islamisme En Face*, (Paris, La Découverte, 2002).

- Gérard Chaliand Et Arnaud Blin, *Histoire Du Terrorisme : De L'antiquité À Daech*, (Paris, Fayard/Pluriel, 2016).

- Gilles Kepel, *Le Prophète Et Le Pharaon. Les Mouvements Islamistes Dans L'égypte Contemporain*, (Paris, La Découverte, 1984).

- Hamed Abdel-Samad, *Le Fascisme Islamique : Une Analyse*, (Paris, Grasset, 2017).

- Ismail Alexandrani, *Sinai: From Revolution to Terrorism* », *Egypt's Revolutions: Politics, Religion and Social Movements*, (New York, Palgrave Macmillan, 2016).

- Jamie Barlett Et Al., *The Edge Of Violence: A Radical Approach To Extremism*, (Londres, Demos, 2010).

- Jean Birnbaum, *Un Silence Religieux. La Gauche Face Au Djihadisme*, (Paris, Seuil, 2016), 240 P. Cité Dans Alain Caillé Et Al., »**Présentation**«, Revue Du Mauss, Vol. 49, No. 1, 2017, p-p. 5-26, Https://Bit.Ly/3ala2sc

- Jean-Noël Ferrié, *L'égypte Entre Démocratie Et Islamisme. Le Système Moubarak À L'heure De La Succession*, (Paris, Éditions Autrement, 2008).

- John Calvert, *Sayyid Qutb And the Origins of Radical Islamism*, (New York, Columbia University Press, 2010).

- John Horgan, *The Social and Psychological Characteristics of Terrorism and Terrorists, Root Causes of Terrorism: Myths, Realities and Ways Forward*, (Londres, Routledge, 2005).

- John L. Austin, *How to Do Things with Words*, (Oxford, Clarendon Press, 1975).

- Magnus Ranstorp (Dir.), *Mapping Terrorism Research: State Of The Art, Gaps And Future Directions*, (Londres, Routledge, 2006).

- Martha Crenshaw, *The Logic Of Terrorism: Terrorist Behaviour As A Product Of Strategic Choice, Origins Of Terrorism: Psychologies, Ideologies, Theologies, States Of Mind,* (Washington (Dc), Woodrow Wilson Centre Press, 1998).

- Mathieu Guidère, *Atlas Du Terrorisme Islamiste*, (Paris, Autrement, 2017).

- Mircea Eliade, *Le Sacré Et Le Profane*, (Paris, Gallimard, 1957).

- Mohammed Hafez, *Why Muslims Rebel: Repression and Resistance in The Islamic World*, (Londres, Lynne Rienner Publishers, 2003).

- Noah Feldman, *The Fall And Rise Of The Islamic State*, (Princeton, Princeton University Press, 2008).

- Paul Landau, *Pour Allah Jusqu'à La Mort : Enquête Sur Les Convertis À L'islam Radical*, (Paris, Éditions Du Rocher, 2008).

- Quintan Wiktorowicz (Dir.), *Islamic Activism. A Social Movement Theory*, (Bloomington, Indiana University Press, 2004).

- Saba Mahmood, Politics Of Piety: The Islamic Revival And The Feminist Subject, (Princeton, Princeton University Press, 2005).

- Sylvain Besson, *La Conquête De L'occident. Le Projet Secret Des Islamistes*, (France, Seuil, 2005).

- Talal Asad, *Formations Of The Secular: Christianity, Islam, Modernity*, (Stanford, Stanford University Press, 2003).

- Tariq Ramadan, *Le Génie De L'islâm : Initiation À Ses Fondements, Sa Spiritualité Et Son Histoire*, (Paris, Archipoche, 2017).

- Tilman Ludke, *Jihad Made in Germany: Ottoman and German Propaganda and Intelligence Operations in The First World War*, (Münster, Lit Verlag, 2005).

- Wael Saleh Et Patrice Brodeur, *L'islam Politique À L'ère Du Post-Printemps Arabe. Sommes-Nous Entrés Dans L'ère Du Nécro-Islamisme?* (Paris, L'harmattan, 2017).

Periodicals and reports:

- Andrew Kydd Et Barbara Walter, The Strategies of Terrorism, **International Security**, Vol. 31, No. 1, 2006.

- Burhan Ghalioun, Islam Et Terrorisme : De L'origine De La Violence

Dans Les Pays Musulmans, **Confluences Méditerranée**, Vol. 40, No. 1, 2002, p-p. 113123-.

- Clark Mccauley Et Sophia Moskalenko, Toward A Profile Of Lone Wolf Terrorists: What Moves An Individual From Radical Opinion To Radical Action, **Terrorism And Political Violence**, Vol. 26, No. 1, 2014, p-p. 69-85.

- Dakhli, L. L'islamologie Est Un Sport De Combat: De Gilles Kepel À Olivier Roy, L'univers Impitoyable Des Experts De L'islam. **Revue Du Crieur**, 3, p-p. 4-17, 2016. Https://Doi.Org/10.3917/ Crieu.003.0004

- David Lake, Rational Extremism: Understanding Terrorism in The Twenty-First Century, **International Organization**, Vol. 56, No. 1, 2002.

- Dominique Baillet, Islam, Islamisme Et Terrorisme, **Sud/Nord**, Vol. 16, No. 1, 2002, p-p. 53-72.

- Eva Wegner Et Miquel Pellicer, Islamist Moderation Without Democratization: The Coming Of Age Of The Moroccan Party Of Justice And Development, **Democratization**, Vol. 16, No. 1, 2009, p-p. 157-175.

- François Rastier, Sur L'interprétation Postcoloniale Du Terrorisme Islamiste, **Cités**, Vol. 72, No. 4, 2017, p-p. 95116-, Https://Bit.

Ly/3alwicm

- Haoues Seniguer, « Une Terreur Sacrée? La Violence À L'heure Des Crises Du Moyen-Orient », **Confluences Méditerranée**, Vol. 94, No. 3, 2015, p-p. 63-80, Https://Bit.Ly/3idvpkv

- Jean-Pierre Castel, Non, La Violence Monothéiste N'est Pas Qu'une Violence Politique, **Connexions**, Vol. 108, No. 2, 2017, p-p. 153-170.

- Jillian Schwedler, Can Islamists Become Moderates? Rethinking The Inclusion-Moderation Hypothesis, **World Politics**, Vol. 63, No. 2, 2011, p-p. 347-376.

- Jürgen Habermas, Le Djihadisme, Une Forme Moderne De Réaction Au Déracinement, Propos Recueillis Par Nicolas Weill, **Le Monde**, 19 Novembre 2015, Https://Bit.Ly/3xzvrya.

- Kevin Koehler And Jana Warkotsch, Egypt And North Africa: Political Islam And Regional Instability, Writenet, 2009. https://kevinkoehler.org/pol_isl.pdf

- Kinza Khan, The Muslim Brotherhood and Its Evolving View on Democratic Participation, **Kulna Academic Journal for The Middle East Studies**, 2011, Https://Bit.Ly/3vacmyl

- Leyla Dakhli, L'islamologie Est Un Sport De Combat. De Gilles Kepel À Olivier Roy, L'univers Impitoyable des Experts De L'islam, **Revue Du Crieur, La Découverte**, Vol. 3, No. 1, 2016, p-p. 417-,

Http://Www.Revueducrieur.Fr/Index.Html.

–   Marc Antoine Berthod, Penser La Terreur, L'horrible Et La Mort: Entretien Avec Talal Asad, **Ethnographiques.Org**, No. 13, 2007, Https://Bit.Ly/3ehwfbo

–   Marc Lynch, The Brotherhood's Dilemma, Middle East Briefs, No. 25, Waltham, **Crown Center For Middle East Studies**, 2008.

–   Marie-Anne Valfort, Radicalisation De L'islam Et Islamisation De La Radicalité Sont Des Phénomènes Complémentaires, **Le Monde**,1er Juin 2018, **Https://Bit.Ly/3ty5v6s**

–   Mark Sedgwick, The Concept of Radicalization as A Source of Confusion, **Terrorism And Political Violence**, Vol. 22, No. 4, 2010.

–   Max Abrahams, What Terrorists Really Want: Terrorist Motives and Couterterrorism Strategy, **International Security**, Vol. 32, No. 4, 2008.

–   Nathan J. Brown, Amr Hamzawy Et Marina Ottowy, Islamist Movements And The Democratic Process In The Arab World: Exploring The Gray Zones, **Carnegie Papers**, No. 67, 2004, Https://Bit.Ly/3ecvtn2 .

–   Nicolas Campelo Et Al., Who Are the European Youths Willing to Engage In Radicalisation? A Multidisciplinary Review of Their Psychological and Social Profiles, **European Psychiatry**, Vol. 52, 2018, p-p. 114-.

–   Noam Chomsky, Les États-Unis Entre Hyperpuissance Et Hyperhé-gémonie, Terrorisme, L'arme Des Puissants, **Le Monde Diploma-tique**, Décembre 2001, p-p.10-11.

–   Olivier Galland Et Anne Muxel, *La Tentation Radicale. Enquête Au-près Des Lycéens*, (Paris, Presses Universitaires De France, 2018).

–   Olivier Roy, Il Faut Distinguer Violence Politique Et Violence Reli-gieuse, **Chronik**, 17 Novembre 2017, Https://Chronik.Fr/Oli-vier-Roy-Html.Html .

–   Orsini Alessandro, « La Radicalisation Des Terroristes De Vocation », **Commentaire**, 20164/ (Numéro 156), p-p. 783790-. Https://Bit.Ly/3uhbxre

–   Richard Jackson, The Study of Terrorism After 11 September 2001: Problems, Challenges And Future Developments, **Political Studies Review**, Vol. 7, No. 2, 2009, p-p. 171184-.

–   Samir Amghar Et Khadiyatoulah Fall, Quitter La Violence Isla-mique. Retour Sur Le Phénomène De Désaffiliation Djihadiste, **Re-vue Du Mauss**, Vol. 49, No. 1, 2017, p-p. 115-133.

–   Sana Abed-Kotob, The Accommodationists Speak: Goals and Strategies of The Muslim Brotherhood of Egypt, **International Journal of Middle East Studies**, Vol. 127, No. 3, 1995, p-p. 321339-.

–   Tewfik Aclimandos, Les Frères Musulmans Égyptiens : Pour Une Critique Des Vœux Pieux, **Politique Africaine**, V. 108, No. 4, 2007, p-p. 25-46, Https://Bit.Ly/3xtekez

- Wael Saleh, Les Études De La Radicalisation Menant À La Violence Au Nom De L'islam : Cartographier Les Acteurs Théoriques Pour Mieux Comprendre Les Enjeux Épistémologiques Et Éthiques, **Cahiers De Recherche En Politique Appliquée,** Vol. Vii, Numéro 2, Automne 2019.

Thesis :

- Wael Saleh, La Conception De L'état Au Prisme Du Lien Entre Le Religieux Et Le Politique Dans La Pensée Égyptienne Moderne Et Contemporaine (20112015-) : Continuités, Évolutions Et Ruptures, Thèse De Doctorat En Sciences Humaines Appliquées (Sciences Politiques Et Études Arabo-Islamiques), Université De Montréal, 2016.

Interviews :

- François Burgat, La Violence Dite Islamique Ne Vient Pas De L'islam, Mediapart, 10 Octobre 2016, https://bit.ly/3Ws2x6F

- Jacques Vergès, Interview Jacques Vergès : Le Terrorisme Est L'arme Des Faibles, Corse Matin, Propos Recueillis Par Franck Leclerc, 11 Octobre 2009, https://bit.ly/3GcroX7